Gwyn y Carw Cloff

Tudur Dylan Jones
Valériane Leblond

Gomer

Un haf cynnes, heulog aeth Greta ar daith
gyda Dad a Mam am antur faith.

Y tri yn cerdded drwy'r goedwig am oriau
a'r haul yn dawnsio trwy'r dail ar y brigau.

Rhaid oedd aros am bicnic – brechdanau caws blasus,
ac i orffen y cyfan, banana a mefus!

Ond wrth gasglu ei sbwriel i gyd yn ddi-gŵyn,
clywodd Greta sŵn rhyfedd yn dod o'r llwyn.

Edrychodd draw, a gweld carw bach
yn edrych yn drist a ddim hanner iach.

'Beth sy'n bod, garw bach?' gofynnodd Greta.

'Mae fy nghoes i'n sownd yn y brigau yma!'

8

'Tyrd i mi weld,' meddai Greta'n garedig,
ac aeth ati i helpu'r carw blinedig.

Llwyddodd Greta i dynnu'r brigau
oedd wedi pwyso ar y goes ers oriau.

'Dwi am glymu fy sgarff yn dynn am dy goes
er mwyn i ti wella heb ragor o loes.'

Ac ymhen munudau fe gododd y carw
ac yntau'n barod wedi gwella'n arw.

'Gwyn yw fy enw, a diolch i ti;
fe dalaf yn ôl pan ddaw'r cyfle i fi.'

Ymhen misoedd wedyn, ar noswyl Nadolig,
roedd Greta'n disgwyl y diwrnod arbennig.

Ac aeth i gysgu gyda sach wrth ei gwely,
yn edrych ymlaen at weld yfory.

Ond cafodd ei deffro ymhen munudau
gan sŵn wrth y ffenest – sŵn curo carnau.

15

Agorodd y llenni ac edrych yn syn,
achos yno â gwên ar ei wyneb roedd Gwyn ...

16

yn sefyll yn stond am eiliad neu ddwy,
un carw bach rhwng y ceirw mwy.

18

'Dwi wedi dod i roi anrheg i ti,
nid anrheg arferol, felly tyrd efo fi.

Ti wellodd fy nghoes er mwyn i mi hedfan,
a chael helpu Siôn Corn i rannu'r cyfan.

Gei di ddod dros Gymru i fynd â'r anrhegion
o Dyddewi i'r Wyddgrug, o Gaerdydd i Gaernarfon.'

'Hwrê!' gwaeddodd Greta. 'Am antur werth chweil –
cael hedfan dros Gymru, a hynny mewn steil!'

Siôn Corn a'r ceirw, a'r arweinydd oedd Gwyn,
a Greta'n llawn cyffro, ac yn dal yn dynn.

Hedfan yn uchel uwchben y tir,
a Siôn Corn yn darllen y rhestr hir:

Beca ac Eila, Anest a Gethin,
Ela a Rori, Amina, Aneirin.

Anrheg i Jac ac anrheg i Cadi,
ac anrheg i Siwan ... a Martha y babi.

Nes enwi yn wir bob plentyn drwy Gymru,
a Gwyn a'r ceirw yn dal i garlamu.

Ond yn sydyn arhosodd Siôn yn yr eira ...
'Mae un anrheg arall, y tro hwn i Greta.'

Ac wrth ei hagor, roedd mor fodlon ei byd –
sgarff newydd sbon, yn lliwgar i gyd.

Dywedodd Greta, gyda'i gwên yn fawr,
'Diolch, Siôn Corn, bydda i'n gynnes yn awr.'

A gwaeddodd Gwyn, 'Diolch i Greta
fy mod i yn iach ac yn gallu bod yma.'

'Hip hip hwrê,' meddai'r ceirw bob un,
a daeth pawb at ei gilydd i dynnu llun.

Roedd Greta mor hapus, a'r cyffro'n fawr
wrth ddod 'nôl yn ddiogel cyn toriad y wawr.

Ar ôl ffarwelio, aeth Greta i'w gwely,
rhoi pen ar obennydd, a syrthio i gysgu.

Deffrodd yn gynnar y bore bach
a sylweddoli bod llond ei sach ...

tegan neu ddau, a phensiliau lliwio,
bocs mawr crefftau, a llyfr wedi'i lapio!

31

Dywedodd Greta'r hanes i gyd
am hedfan yn uchel uwchben y byd ...

'Roedd neithiwr yn gyffro, yn union fel ffair!'
ond doedd Dad na Mam ddim yn credu gair!

'Na, dim breuddwydio, ro'n i wir ar ddi-hun,
fe ddigwyddodd popeth – dyma chi'r llun!'

PILLGWENLLY

17-02-20

36